Sina Nuêmo

Korallenschädel

Sina Nuêmo

Korallenschädel

Hüterschädel - Schädelhüter

Goldene Rakete Verlag für Belletristik

Imprint
Any brand names and product names mentioned in this book are subject to trademark, brand or patent protection and are trademarks or registered trademarks of their respective holders. The use of brand names, product names, common names, trade names, product descriptions etc. even without a particular marking in this work is in no way to be construed to mean that such names may be regarded as unrestricted in respect of trademark and brand protection legislation and could thus be used by anyone.

Cover image: www.ingimage.com

Publisher:
Goldene Rakete Verlag für Belletristik
is a trademark of
International Book Market Service Ltd., member of OmniScriptum Publishing Group
17 Meldrum Street, Beau Bassin 71504, Mauritius

Printed at: see last page
ISBN: 978-620-2-44349-4

Inhaltsverzeichnis:

I. Erster Hüter[1]:

1. Erste Strophe:

Hallo liebe S.

Mir wurde berichtet,

dass Du Dich auch noch

in meinen Hüter verliebt hättest.

[1] 26.06.2018

2. <u>Zweite Strophe:</u>

Und eventuell daran interessiert wärest,

auch diesen noch

zu Deinen Unterstützern

hinzuzufügen.

3. <u>Dritte Strophe:</u>

Zu ihm

kann ich Dir sagen:

Er besteht

aus versteinerten Korallen.

4. <u>Vierte Strophe:</u>

Korallen dienen dazu,

im Meer das Wasser zu filtern

und alle Gift- und Schadstoffe umzuwandeln

und zu transformieren.

5. <u>Fünfte Strophe:</u>

Er hilft

wieder ein erträgliches Klima zu schaffen

in einem Umfeld der Vergiftung und des Hasses,

der Wut und der Anklage.

6. <u>Sechste Strophe:</u>

Er war mir sehr dienlich

und unterstützend

in meiner Zeit der Transformation

und der Erkrankung.

7. <u>Siebte Strophe:</u>

Dieses Mal

wollte er

nicht mit

zu mir kommen.

8. <u>Achte Strophe:</u>

Hatte mich schon sehr gewundert,

da wir eigentlich

in den letzten Jahren

fast unzertrennlich waren.

9. <u>Neunte Strophe:</u>

Jetzt,

da er Dich ruft,

scheint meine Hüter-Zeit mit ihm

zu Ende zu gehen.

10. <u>Zehnte Strophe:</u>

Und wenn Du

ihn wirklich möchtest,

könnte ich mir vorstellen,

ihn in Deine Hände zu geben.

11. <u>Elfte Strophe:</u>

Leider

ist er nicht ganz billig

und ich würde ihn Dir

für Eins - Vier – Neun - Acht abgeben.

12. <u>Zwölfte Strophe:</u>

Eins

Plus Vier

Plus Neun

Plus Acht.

13. <u>Dreizehnte Strophe:</u>

Macht Zweiundzwanzig.

Zwei-und-Zwangzig

Ist

Die Meisterzahl.

14. <u>Vierzehnte Strophe:</u>

Eins - die Göttliche.

Vier - die Basis.

Neun - die Vollendung.

Acht - der Erfolg.

15. Fünfzehnte Strophe:

Zwei

Und

Zwanzig -

Die Meisterschaft

II. **Zweiter Hüter[2]:**

1. Erste Strophe:

Die Hüter.

Zwei Hüter

zwischen

den Welten.

[2] 02.07.2018

2. <u>Zweite Strophe:</u>

Der eine

mit der Rüstung

und der

Eisernen Maske.

3. Dritte Strophe:

Kehrt

mit dem eisernen Besen

und begibt sich

in die unteren Welten.

4. Vierte Strophe:

Dort

mit Maske

und Rüstung

geschützt vor den Gefahren.

5. Fünfte Strophe:

Zurückgekehrt

aus der Unterwelt.

Nicht erkannt.

Eins – Sieben – Null - Null.

6. <u>Sechste Strophe:</u>

Eins - wiederum:

Die göttliche Führung.

Sieben:

Die innere Schau.

7. Siebte Strophe:

Der Blick

auf das Wesentliche.

Die innere Wahrheit

hinter der Maske.

8. <u>Achte Strophe:</u>

Die Maske:

erkannt

und für das Göttliche

nutzbar gemacht.

9. <u>Neunte Strophe:</u>

Hinter der Führung.

Gefolgt

von der Null.

Doppelt.

10. Zehnte Strophe:

Einzeln genommen

als Einheit des Ganzen.

Doppelt genommen

auch als Symbol und Zeichen der Transformation.

11. <u>Elfte Strophe:</u>

Der Entlastung.

Der Entleerung vom Ballast

der Rückstände des Aufgenommenen.

Der Vollendung der Assimilation.

III. Dritter Hüter[3]:

1. Erste Strophe:

Der Zweite -

ein Hüter.

Einmal des Herzens

und zweitens der Verbindung mit der Natur.

[3] 02.07.2018

2. <u>Zweite Strophe:</u>

Hellleuchtende Struktur

des Waldes.

Seiner Kommunikationswege

und Bewohner.

3. Dritte Strophe:

Fünf – Null – Null.

Die Fünf.

Erste Einheit.

Erste Erhebung aus der Grundbasis.

4. <u>Vierte Strophe:</u>

Steht auch für die Pyramide.

Sie ist der Schutzraum

für die Kommunikation

in höhere Ebenen.

5. <u>Fünfte Strophe:</u>

Die Null wieder:

Wie oben.

Doch diesmal

in höhere Ebenen gerichtet.

6. Sechste Strophe:

So ist der eine nach unten,

der andre nach oben

gerichtete Kommunikation

und Transformation.

7. Siebte Strophe:

Zusammen wieder die Zweiundzwanzig.

Einzeln genommen:

Die Zwei nach oben

Und die Zwei nach unten.

8. <u>Achte Strophe:</u>

Die Zwei ist die Partnerschaft.

Die Zusammenarbeit.

Die Gemeinschaft.

Doch verbunden die Meisterschaft nach oben und unten.

9. <u>Neunte Strophe:</u>

Du selbst

stehst im Zentrum.

Im Herzen des Tetraeders.

Unter der Führung des Einen.

10. Zehnte Strophe:

Denn eine göttliche Kraft

und eine irdische Kraft ergibt die Zwei.

Und beide die Meisterschaft des Einen.

Zusammen der Davidstern.

11. <u>Elfte Strophe:</u>

Liebe S.

Hier Deine Botschaft

zu den beiden

Schädelchen.

12. Zwölfte Strophe:

Sie sind in der Materie

vielleicht nicht ganz so groß

wie manch andere

erscheinen.

13. Dreizehnte Strophe:

Doch

was ist

Größe?

Relativ!

14. Vierzehnte Strophe:

Drück dich.

Von Herz

zu

Herz.

Printed by Books on Demand GmbH, Norderstedt / Germany